Людмила Тцшах

БЕЗ ПОПУГАЯ И ПЯТНИЦЫ

Ernst Klett Verlag
Stuttgart München Düsseldorf Leipzig

Содержание

Recyclingpapier, hergestellt aus
Altpapier mit einem geringen Anteil
von chlorfrei gebleichtem Zellstoff.

1. Auflage 1 7 6 5 4 3 | 2002 2001 00 99

Alle Drucke dieser Auflage können im Unterricht nebeneinander
benutzt werden, sie sind untereinander unverändert.
Die letzte Zahl bezeichnet das Jahr dieses Druckes.

Без попугая и пятницы (по материалам журнала *Спутник*)
Umschlaggestaltung: Manfred Muraro
Satz: Nationales Druckhaus, Berlin
Druck: Druckerei Röck, Weinsberg. Printed in Germany
ISBN 3-12-515350-6

Где я?

Са́ша сиде́л на берегу́ мо́ря и всё ещё не мог пове́рить, что э́то случи́лось с ним, Са́шкой Барашо́м, а не с геро́ем како́го-то приключе́нческого фи́льма . . .

Его́ оде́жда лежа́ла на камня́х. Она́ ста́ла бе́лой от со́ли. Ма́йка, трусы́ и руба́шка уже́ бы́ли сухи́ми. А вот джи́нсы и ку́ртка ещё не вы́сохли. Са́ша сиде́л на тёплых камня́х и ду́мал то́лько об одно́м:

Где я? На большо́м и́ли ма́леньком о́строве? Пе́ред ним лежа́ло мо́ре, на кото́рое и смотре́ть не хоте́лось. Сза́ди него́ была́ гора́, не о́чень высо́кая, но крута́я. На её верши́не росло́ не́сколько дере́вьев.

Ско́ро меня́ найду́т. Мо́жет быть, сего́дня и́ли за́втра. Са́ша знал, что э́то бу́дет не лёгким де́лом. На ка́рте в э́том архипела́ге Шанта́р три больши́х о́строва и штук три́дцать ма́леньких, а не́которых на ней совсе́м нет.

Der Infinitiv der Verben wird in der Reihenfolge unvollendeter/vollendeter Aspekt (*uv./vo.*) angegeben.

2 **ве́рить/пове́рить** glauben – 3 **приключе́нческий фильм** Abenteuerfilm – 5 **оде́жда** Kleidung – **ка́мень** m. Stein – 6 **ма́йка** Unterhemd, Turnhemd – **трусы́** (*Pl.*) Unterhose, Badehose – 7 **сухо́й** trocken – 8 **со́хнуть/вы́сохнуть** trocknen – 13 **круто́й** steil – 14 **де́рево, дере́вья** Baum, Bäume – 17 **архипела́г Шанта́р** Inselgruppe Shantar

Ря́дом с Са́шей стоя́л я́щик, кото́рый смы́ло вме́сте с ним с борта́ ка́тера в ту роковýю минýту. Он уви́дел его́ сра́зу, как то́лько вы́нырнул. Э́тот я́щик в бесконе́чном холо́дном мо́ре был его́ еди́нственной наде́ждой на спасе́ние . . .

На я́щике лежа́ло всё, что Са́ша име́л:

– перочи́нный нож, кото́рый подари́л емý оте́ц в про́шлом годý на день рожде́ния;
– пластма́ссовая расчёска;
– ключи́ от кварти́ры;
– каранда́ш;
– две больши́х англи́йских була́вки, кото́рыми он зака́лывал манже́ты брю́к, когда́ ката́лся на велосипе́де;
– капро́новый шнур, ме́тра два;
– широ́кий реме́нь от джи́нсов;
– ке́ды, совсе́м но́вые.

Бо́льше у него́ ничего́ не́ бы́ло.

1 **я́щик** Kasten, Kiste – **смыва́ть/смыть** wegspülen – 2 **ка́тер** Kutter – **роковá́я минýта** entscheidende Minute – 3 **сра́зу** sofort – **выны́ривать/вы́нырнуть** auftauchen, an die (Wasser-)Oberfläche kommen – 5 **еди́нственная наде́жда** die einzige Hoffnung – **спасе́ние** Rettung – 10 **расчёска** Kamm – 13 **англи́йская була́вка** Sicherheitsnadel – 17 **реме́нь** Riemen, Gürtel – 18 **ке́ды** Turnschuhe

Вода! Где-то вода?!

Наконе́ц джи́нсы вы́сохли. Са́ша оде́лся и реши́л пойти́ на го́ру.

– С неё мо́жно бу́дет уви́деть, на како́м я о́строве – на ма́леньком и́ли большо́м. – Са́ше хоте́лось есть, но ещё бо́льше ему́ хоте́лось пить. Ему́ так хоте́лось пить, что всё плыло́ пе́ред глаза́ми.

Он пошёл пря́мо, в сто́рону горы́. Кусты́ бы́ли таки́ми высо́кими, что из-за них не́ было ви́дно верши́ны. Но Са́ша знал, что шёл пра́вильно, потому́ что земля́ под нога́ми повыша́лась. На доро́ге лежа́ла больша́я ка́менная плита́. На ней рос мох.

Мох лю́бит сы́рость. А сы́рость – там, где есть вода́. И, действи́тельно, под плито́й земля́ была́ сыро́й.

Са́ша обошёл плиту́ сле́ва и спра́ва, но во́ды не нашёл. Но́ги бо́льше не хоте́ли идти́.

„Немно́го отдохну́, а пото́м бу́ду иска́ть во́ду."

Он лёг на плиту́, глаза́ закры́лись са́ми собо́й.

Вдруг он услы́шал: буль . . . буль-буль . . . буль . . .

1 **одева́ться/оде́ться** sich anziehen – 6 **всё плыло́ пе́ред глаза́ми** vor den Augen verschwamm alles – 8 **куст** Strauch, Busch – 10 **верши́на** (Berg-)Gipfel – 11 **земля́** Boden, Erde – **нога́** Bein, Fuß – 13 **плита́** Platte – **мох** Moos – 14 **сы́рость** Feuchtigkeit – 19 **иска́ть** (*uv.*) suchen – 21 **са́ми собо́й** von selbst

„Нет, э́то мне то́лько ка́жется,“ поду́мал Са́ша. Но че́рез не́которое вре́мя – опя́ть: буль-буль . . . буль. Вода́?! Где́-то вода́!

Он спры́гнул с плиты́ и побежа́л нале́во, отку́да слы́шался звук. В ме́трах десяти́ от плиты́ он уви́дел родни́к. Са́ша упа́л на зе́млю и пил во́ду до тех пор, пока́ не заболе́ли зу́бы. Пото́м он вы́мыл ру́ки и лицо́. Сра́зу ста́ло ле́гче. Тепе́рь мо́жно бы́ло попро́бовать подня́ться на го́ру.

1 **это мне то́лько ка́жется** das kommt mir nur so vor – 4 **спры́гивать/спры́гнуть** hinunter-, herunterspringen – 7 **до тех пор, пока́ не** solange, bis – **зуб** Zahn

На горе

На го́ру Са́ша поднима́лся то́лько с больши́м трудо́м. После́дние ме́тры Са́ша не шёл, а полз – так бы́ло кру́то.

Бли́же на верши́не росли́ дере́вья, похо́жие на со́сны. Их он ви́дел, когда́ сиде́л на берегу́.

Са́ша стоя́л и смотре́л на о́стров, кото́рый лежа́л пе́ред ним как географи́ческая ка́рта.

Э́то был совсе́м ма́ленький о́стров, похо́жий на ло́дку. С горы́ была́ хорошо́ видна́ бу́хта, куда́ приплы́л Са́ша с я́щиком. Бы́ло ви́дно и то ме́сто, где он неда́вно сиде́л, и где́ со́хла его́ оде́жда. А на горизо́нте был то́лько тума́н . . . И нигде́ – ни сле́ва, ни спра́ва, ни впереди́, ни сза́ди – бы́ло ничего́ не ви́дно, кро́ме се́рой воды́ и си́него не́ба над голово́й.

Са́ша на́чал вспомина́ть, что случи́лось в ту ночь . . .

1 **с больши́м трудо́м** mit großer Mühe – 2 **ползти́/приползти́** (auf allen vieren) kriechen – 4 **похо́жий** ähnlich – 5 **сосна́** Kiefer – 8 **совсе́м** ganz – 10 **приплыва́ть/приплы́ть** hinschwimmen – 12 **тума́н** Nebel – 15 **не́бо** Himmel – **голова́** Kopf – 16 **случи́ться** (*vo.*) sich ereignen, passieren

Вот что случилось в ту ночь

У Са́ши бы́ли ле́тние кани́кулы, и он попроси́л отца́ взять его́ с собо́й на ка́тер. На ка́тере Са́ша помога́л лабора́нтам поднима́ть на борт сеть и достава́ть из неё уло́в. Чего́ там то́лько не́ было: кальма́ры, креве́тки, морски́е звёзды и да́же осьмино́ги . . . Иногда́ он сиде́л в ру́бке и смотре́л схе́мы сигна́лов, курсовы́е ка́рты, ло́цманские альбо́мы . . .

В ту ночь был на мо́ре си́льный шторм. Ка́тер броса́ло на волна́х с борта́ на борт, как бо́чку. Са́ша просну́лся от того́, что упа́л с ко́йки на пол, вниз голово́й. Одея́ло полете́ло к двери́. Ке́ды то́же лета́ли по каю́те, от двери́ к столу́ и обра́тно. Са́ша встал и в тот же моме́нт опя́ть упа́л.

Отец спал кре́пко и ничего́ не замеча́л. Са́ша не хоте́л буди́ть его́, оде́лся и реши́л вы́йти на мину́тку на па́лубу. На па́лубе никого́ не́ было.

4 **сеть** (*f.*) Netz – **уло́в** Fang(ertrag) – 5 **кальма́ры, креве́тки, морски́е звёзды, осьмино́ги** Tintenfische, Garnelen, Seesterne, Kraken – 6 **ру́бка** Ruderhaus – 7 **схе́мы сигна́лов, курсовы́е ка́рты, ло́цманские альбо́мы** Signalbücher, Seekarten, Logbücher – 10 **броса́ть/бро́сить** werfen, schleudern – **волна́** Welle – **с борта́ на борт** von einer Seite auf die andere – 11 **бо́чка** Fass, Tonne – **просыпа́ться/просну́ться** aufwachen – **па́дать/упа́сть** fallen – 12 **ко́йка** Koje, Hängematte – **вниз голово́й** kopfüber – 14 **обра́тно** zurück – 16 **замеча́ть/заме́тить** wahrnehmen, bemerken – 17 **буди́ть/разбуди́ть** wecken – 18 **па́луба** Deck

В ру́бке стоя́л рулево́й. Ка́тер шёл по́лным хо́дом. Спра́ва была́ видна́ кака́я-то земля́, впереди́ – ещё оди́н о́стров . . . Мо́ре волнова́лось так, что моме́нтами во́лны покрыва́ли ка́тер по́лностью. Са́ша хоте́л войти́ в ру́бку и спроси́ть рулево́го, где они́ нахо́дятся, но в тот же моме́нт его́ оторва́ло от па́лубы, и он нырну́л с голово́й в холо́дную волну́ . . . Когда́ он вы́нырнул, уви́дел ря́дом с собо́й я́щик и вдали́ ка́тер, на кото́ром споко́йно спал его́ оте́ц . . .

1 **рулево́й** Steuermann – **по́лным хо́дом** volle Kraft voraus – 3 **волнова́ться** (*uv.*) hier: wallen, wogen – 4 **покрыва́ть/покры́ть** (be)decken, zudecken – 5 **по́лностью** vollständig – 7 **отрыва́ть/оторва́ть** abreißen, losreißen – 9 **вдали́** in der Ferne – 10 **споко́йно** ruhig

Саранки

Со́лнце бы́ло уже́ у горизо́нта.

Ско́ро ве́чер, а пото́м ночь, поду́мал Са́ша. Где же я бу́ду спать? На траве́ . . ., на камня́х . . .? На́до иска́ть дом!

Спуска́ться с горы́ бы́ло трудне́е, чем поднима́ться. Са́ша иска́л доро́гу че́рез кусты́ и вдруг вы́шел на поля́ну. На ней росли́ ора́нжевые цветы́.

Он прекра́сно знал э́ти цветы́ и то, что находи́лось в земле́. Когда́ он с отцо́м ходи́л в го́ры, он всегда́ иска́л сара́нки. Они́ бы́ли о́чень вку́сными. Па́па руга́л Са́шу, когда́ ви́дел их в его́ рука́х. Он говори́л, что из-за таки́х, как он, сара́нок стано́вится всё ме́ньше и ме́ньше. Наве́рно, они́ ско́ро бу́дут стоя́ть в Кра́сной кни́ге, и за ка́ждую сара́нку бу́дут брать штраф.

А здесь их бы́ло так мно́го!

Са́ша откры́л нож и вы́копал одну́ из них. Кака́я она́ больша́я! Как те́ннисный мяч! И то́лько сейча́с он по́нял, что был ужа́сно голо́дным.

сара́нка Türkenbundlilie – 3 **трава́** Gras – 5 **спуска́ться/спусти́ться** hinunter-, heruntersteigen – 7 **поля́на** Lichtung – 12 **руга́ть/вы́ругать** (be)schimpfen – 14 **станови́ться/стать всё ме́ньше и ме́ньше** *hier:* immer seltener werden – 15 **Кра́сная кни́га** Rotbuch (Internationale Liste der vom Aussterben bedrohten Pflanzen und Tiere) – 18 **выка́пывать/вы́копать** ausgraben – 20 **ужа́сно** schrecklich – **голо́дный** hungrig

Шалаш

Пока́ Са́ша был на поля́не и копа́л сара́нки, со́лнце се́ло. Ста́ло холодне́е. На верши́не горы́ лежа́л тума́н. На́до бы́ло, как мо́жно быстре́е, стро́ить шала́ш. Он наре́зал не́сколько ве́ток и са́мые дли́нные из них связа́л шнуро́м наверху́, а ни́жние концы́ воткну́л в зе́млю. Ме́жду ни́ми он положи́л ве́тки с ли́стьями. Е́сли пойдёт дождь, то вода́ бу́дет бежа́ть по ли́стьям. Так учи́л его́ оте́ц. Ста́ло темно́. С горы́ дул си́льный ве́тер.

Са́ша сел в шала́ш, но уже́ че́рез не́сколько мину́т ему́ ста́ло так хо́лодно, что он опя́ть вы́лез из него́. На земле́ лежа́ло не́сколько ве́ток. Он закры́л и́ми вход в шала́ш. Ду́ло ме́ньше, и ста́ло теплée.

Ничего́, за́втра и́ли послеза́втра меня́ найду́т. На́до терпе́ть . . . Я же не ма́ленький, мне 15 лет. – Так ду́мал он в э́ту пе́рвую ночь на о́строве.

Всю ночь он не спал и дрожа́л от хо́лода.

шала́ш Hütte aus Ästen und Zweigen – 1 **пока́** solange, während – 2 **сесть** (*vo.*) *hier:* untergehen – 3 **как мо́жно быстре́е** so schnell wie möglich – 4 **ре́зать/наре́зать** (ab)schneiden – 5 **ве́тка** Zweig – 6 **наверху́** oben – **втыка́ть/воткну́ть** hineinstoßen – 7 **лист, ли́стья** Blatt, Blätter – 10 **ве́тер** Wind – 12 **вылеза́ть/вы́лезти** herauskriechen – 17 **терпе́ть** (*uv.*) aushalten – 20 **дрожа́ть** (*uv.*) zittern

Что выбрасывает море

Са́ша вы́лез из шалаша́ и посмотре́л на не́бо. Со́лнце висе́ло ни́зко над мо́рем. Дул тёплый ве́тер. Он съел не́сколько сара́нок и пошёл к мо́рю. На берегу́ лежа́ли го́ры во́дорослей. Среди́ них лежа́ло не́сколько предме́тов, кото́рые могли́ бы ему́ пригоди́ться:

полиэтиле́новая буты́лка, кусо́к се́ти и пусты́е консе́рвные ба́нки.

Всё э́то он отнёс к камня́м, где лежа́ла оде́жда.

Са́ша откры́л буты́лку, и сра́зу запа́хло как в парикма́херской. Шампу́нь!

Мо́жет быть, найду́ ещё что́-нибудь ну́жное для моего́ до́ма, ду́мал он, гуля́я по ли́нии прибо́я. Что-то тёмное лежа́ло в воде́, у бе́рега. Са́ша не ве́рил свои́м глаза́м – паруси́на! Она́ была́ мо́крой, гря́зной и о́чень тяжёлой. Часа́ два он тащи́л её на сухо́е ме́сто. Но э́та паруси́на могла́ спасти́ его́ от дождя́ и хо́лода. Под со́лнцем на камня́х она бы́стро вы́сохла.

выбра́сывать/вы́бросить *hier:* an Land spülen – 3 **съеда́ть/съесть** essen – 4 **во́доросли** Algen, Tang – 6 **пригожда́ться/пригоди́ться** brauchbar sein – 7 **кусо́к** Stück – **пусто́й** leer – 8 **консе́рвные ба́нки** Konservenbüchsen – 11 **запа́хнуть** (*vo.*) zu riechen beginnen – **в парикма́херской** beim Friseur – 14 **прибо́й** Brandung – 16 **паруси́на** Segeltuch – 17 **мо́крый** nass, durchweicht – **гря́зный** schmutzig – 18 **тащи́ть/вы́тащить** ziehen – 19 **спаса́ть/спасти́** retten

„Тепе́рь я могу́ постро́ить пала́тку.“ – ра́довался Са́ша.

В одно́м бревне́ он уви́дел желе́зную ско́бу. „Ей мо́жно выка́пывать сара́нки . . .“ Когда́ он вспо́мнил о сара́нках, он сно́ва почу́вствовал го́лод. Са́ша хоте́л уже́ идти́ к поля́не, где росли́ сара́нки, но вдруг уви́дел на во́дорослях тако́е, что забы́л про го́лод.

Э́то был надувно́й матра́ц. На тако́м матра́це Са́ша люби́л пла́вать с ребя́тами в Кра́бьей бу́хте. Э́то был япо́нский матра́ц: на нём чёрными бу́квами бы́ло напи́сано „Made in Japan“.

С одно́й стороны́ он был по́рван, то́лько в трёх се́кциях был во́здух. Пла́вать на нём, коне́чно, бы́ло нельзя́, но его́ мо́жно бы́ло положи́ть в пала́тку.

Счастли́вый, он верну́лся к тому́ ме́сту, где лежа́ли други́е нахо́дки. Са́ша положи́л их на паруси́ну и потащи́л свою́ бу́дущую пала́тку на го́ру.

Э́то бы́ло нелёгким де́лом, потому́ что она́ была́ большо́й и ве́сила, наве́рно, сто́лько же, ско́лько ве́сил он сам.

1 **пала́тка** Zelt – 3 **бревно́** Baumstamm – **желе́зная скоба́** Eisenklammer – 6 **го́лод** Hunger – 9 **надувно́й матра́ц** Luftmatratze – 14 **по́рван** zerrissen – 15 **се́кция** hier: Kammer – 19 **нахо́дка** Fund – 23 **ве́сить** (*uv.*) wiegen – **сто́лько, ско́лько** ebensoviel wie

Пала́тка

Когда́ Са́ша был на ме́сте, со́лнце уже́ сади́лось. Он немно́го отдохну́л, пото́м взял шампу́нь и хорошо́ умы́лся. Сра́зу ста́ло ле́гче. Тепе́рь на́до бы́ло стро́ить пала́тку.

Са́ша стоя́л у де́рева и рассма́тривал свои́ нахо́дки. Пе́ред ним лежа́ла паруси́на. Она́ име́ла фо́рму непра́вильной трапе́ции – одна́ сторона́ была́ ши́ре друго́й.

„Е́сли оди́н коне́ц шнура́ привяза́ть к де́реву, а друго́й к колы́шку в земле́ и на э́тот шнур пове́сить паруси́ну, то полу́чится хоро́шая пала́тка. А, мо́жет быть, всё э́то сде́лать за́втра? Заче́м спеши́ть? Меня́ найду́т за́втра и́ли послеза́втра . . .“

Но он вспо́мнил о тума́не, о ночно́м ве́тре . . . и на́чал де́лать пала́тку. Са́ша рабо́тал бы́стро. Пала́тка получи́лась отли́чной, в ней мо́жно бы́ло да́же стоя́ть. Ме́жду де́ревом и пала́ткой была́ небольша́я площа́дка, на кото́рой он за́втра хоте́л разже́чь костёр.

Вре́мя пролете́ло бы́стро. Пришла́ ночь.

7 **непра́вильная трапе́ция** unregelmäßiges Trapez – 9 **привя́зывать/привяза́ть** anbinden – 10 **ко́лышек** Pflock – **ве́шать/пове́сить** aufhängen – 11 **получа́ться/получи́ться** sich ergeben, entstehen – 20 **разжига́ть/разже́чь** anzünden – **костёр** brennender Holzstapel, Lagerfeuer

Дикий лук

На слéдующее ýтро Сáша проснýлся пóздно. Одéжда на нём былá сухóй. Палáтка и матрáц не промóкли от тумáна. В э́ту ночь он вы́спался на слáву. Вы́йдя из палáтки, он реши́л залéзть на дéрево и посмотрéть на мóре ... Онó лежáло внизý сéрой пусты́ней, от бéрега до горизóнта вóлны, одни́ тóлько вóлны ...

Хотéлось есть, и Сáша пошёл на поля́ну копáть сарáнки. По дорóге тудá он уви́дел тёмнозелёные стрéлки ди́кого лýка.
Когдá отéц ходи́л с ним в гóры, то покáзывал емý мнóгие растéния, некотóрые из них Сáша забы́л, но съедóбные – нет, потомý что он их прóбовал.

Нашёл тóлько пять штук, но затó узнáл, что лук на óстрове есть. Тепéрь нáдо бы́ло заня́ться огнём.

ди́кий лук Wildlauch – 3 **промокáть/промóкнуть** durchnässt werden – **тумáн** Nebel – **высыпáться/вы́спаться на слáву** sich richtig ausschlafen – 5 **залéзать/залéзть** hinaufklettern – 6 **пусты́ня** Wüste – 8 **поля́на** Lichtung – **копáть/вы́копать** (aus)graben – 10 **стрéлка** *hier:* Stengel – 12 **растéние** Pflanze – 13 **съедóбный** essbar – 15 **затó** dafür, jedoch – 17 **огóнь** (*m.*) Feuer

Как добыть огонь?

Са́ша на́чал вспомина́ть кни́ги про первобы́тных люде́й. Как ни стра́нно, все они́ крути́ли па́лочки рука́ми. Он уже́ раз про́бовал добы́ть так ого́нь, крути́л па́лочку полчаса́, но коне́ц её был то́лько тёплым. Дре́вние лю́ди выбира́ли, наве́рно, како́е-то осо́бое де́рево и́ли зна́ли каку́ю-то хи́трость.

Пото́м он вспо́мнил карти́нку в учё́бнике по дре́вней исто́рии: челове́к сиди́т пе́ред доско́й. В пра́вой руке́ у него́ небольшо́й лук, тетива́ лу́ка обёрнута вокру́г па́лочки. В ле́вой руке́ – ка́мень с лу́нкой, в кото́рой оди́н коне́ц па́лочки и сухо́й мох. Челове́к дви́гает лук взад-вперёд, тетива́ бы́стро кру́тит па́лочку, и в лу́нке возника́ет ого́нь.

Зна́чит, на́до бы́ло найти́ суху́ю до́ску, мох и подходя́щую ве́тку для лу́ка. Шнур для тетивы́ у него́ был. Нашёлся и ка́мень с лу́нкой. Часа́ два Са́ша углубля́л э́ту лу́нку желе́зной скобо́й. Как же э́то де́лали первобы́тные лю́ди? Ско́ль-

добыва́ть ого́нь/добы́ть Feuer entfachen – 1 **первобы́тные лю́ди** Urmenschen – 2 **стра́нно** seltsam – **крути́ть/покрути́ть** drehen – 3 **па́лочка** Stöckchen – 5 **дре́вние лю́ди** Menschen des Altertums – 6 **осо́бое де́рево** spezielles Holz – 7 **хи́трость** (*f.*) *hier:* Trick, Kniff – 9 **доска́** *hier:* Brett – 10 **лук** *hier:* Bogen (zum Schießen) – **тетива́** Bogensehne – 11 **обёрнут** umwickelt – 12 **лу́нка** kleine runde Aushöhlung – 13 **дви́гать/дви́нуть** bewegen – 15 **возника́ть/возни́кнуть** entstehen – 17 **подходя́щий** passend, geeignet – **ве́тка** Zweig – 19 **углубля́ть/углуби́ть** vertiefen ко дней у них уходи́ло на э́то? – поду́мал Са́ша.

Всё остально́е он сде́лал, как на карти́нке . . .

Его́ констру́кция рабо́тала прекра́сно. Коне́ц па́лочки крути́лся и углубля́лся в лу́нку. Уже́ вско́ре Са́ша уви́дел дым, снача́ла си́ний, а пото́м бе́лый . . . Наконе́ц он уви́дел и ма́ленький кра́сный ого́нь. Он не ве́рил свои́м глаза́м. Так бы́стро и про́сто всё получи́лось.

3 **остально́е** das Übrige – 6 **вско́ре** bald – **дым** Rauch – 8 **глаз** Auge – 9 **про́сто** einfach – **получа́ться/получи́ться** *hier:* gelingen

Дождь и голод

Са́ша сиде́л в пала́тке. Дождь лил как из ведра́. Ско́лько дней я на о́строве? Четы́ре или пять? Он вспо́мнил фильм о Робинзо́не Кру́зо и его́ оригина́льный календа́рь, кото́рый он сде́лал, что́бы не потеря́ть счёт дням.

Снача́ла э́то бы́ли дни, пото́м – ме́сяцы, а пото́м – го́ды . . . Са́ше ста́ло гру́стно.

А е́сли меня́ не найду́т? – Э́тот вопро́с не оставля́л его́ в поко́е.

А е́сли, а е́сли . . . Не на́до об э́том ду́мать! Всё равно́ э́то де́лу не помо́жет. Лу́чше заня́ться календарём.

Са́ша на́чал иска́ть подходя́щую до́ску. У вхо́да в пала́тку лежа́ло не́сколько до́сок, кото́рые он нашёл на берегу́ и взял с собо́й для костра́. Одна́ из них была́ гла́дкой и чи́стой. Са́ша положи́л её пе́ред собо́й и сде́лал ножо́м пе́рвую зару́бку.

В пя́тницу меня́ смы́ло за борт, – на́чал вспомина́ть он. В суббо́ту я нашёл паруси́ну и сде́лал пала́тку – то́же зару́бка, то́лько ма́ленькая. Воскресе́нье – зару́бка поглу́бже. Вот уже́ четвёртый день я ем э́ти се́рые, проти́вные сара́нки. Са́ша сде́лал ещё две зару́бки. Зна́чит,

1 **дождь лил как из ведра́** es regnete in Strömen – 5 **теря́ть/потеря́ть** verlieren – **счёт** Rechnung – 7 **гру́стно** traurig – 9 **оставля́ть/оста́вить в поко́е** *hier:* zur Ruhe kommen lassen – 11 **всё равно́** ganz egal – 16 **гла́дкий** glatt, eben – **чи́стый** sauber – 21 **зару́бка** Kerbe – 22 **поглу́бже** tiefer – 23 **проти́вный** widerlich

сего́дня вто́рник. Пе́ред глаза́ми Са́ши стоя́ли хлеб, жа́реная ры́ба и стака́н ча́я. Нет, не стака́н, а це́лый ча́йник стоя́л на столе́. И са́хар и ма́сло.

Он в мы́слях сде́лал себе́ бутербро́д и ел, ел . . . и пил сла́дкий чай . . .

Почему́ я ра́ньше не ел хлеб с ма́слом? Почему́ не люби́л жа́реную ры́бу? Почему́ не нра́вилось молоко́? Са́ша съел три сара́нки. Бо́льше не мог . . . „На́до попро́бовать лови́ть ры́бу,“ – поду́мал он.

А дождь всё шёл и шёл, ме́дленный, холо́дный . . .

2 **жа́реная ры́ба** Bratfisch – 5 **мысль (*f.*)** Gedanke – 10 **лови́ть/пойма́ть** fangen

Мама

А е́сли меня́ не найду́т? И не найду́т и тогда́, когда́ я бу́ду уже́ того́ . . .

Оди́н, совсе́м оди́н на э́том мо́кром о́строве. Е́сли я бу́ду лежа́ть и умира́ть в э́той пала́тке, никого́ не бу́дет ря́дом . . .

Где́-то там есть лю́ди, хо́дят друг к дру́гу в го́сти, сидя́т у телеви́зора, обе́дают . . .

Как оте́ц бу́дет оди́н, без меня́? Ведь я у него́ оди́н. Ма́ма умерла́. Она была́ тако́й молодо́й, и оте́ц её о́чень люби́л. По́сле похоро́н он не́сколько дней не разгова́ривал со мной, то́лько подходи́л, клал мне ру́ку на плечо́ и стоя́л так, глядя́ куда́-то в сто́рону. А я сиде́л ти́хо-ти́хо . . . Одна́жды он сказа́л:

„Са́ша, како́й же я идио́т. Ей нельзя́ бы́ло жить у мо́ря, а я привёз её сюда́ . . .“

С того́ дня я стал ходи́ть по́сле шко́лы в магази́н покупа́ть проду́кты, а оте́ц гото́вил. Он гото́вил так же бы́стро и вку́сно, как и мама. Осо́бенно он люби́л рис с мя́сом.

„Са́шка, ешь! – говори́л мне оте́ц. – Са́шка, дое́шь за́втрак! Слы́шишь! А в шко́ле купи́ себе́ котле́ту! . . .“ Эх, ма́ма, ма́ма . . . Почему́ ты умерла́ так ра́но?

1 **тогда́, когда́ я бу́ду уже́ того́ . . .** erst dann, wenn ich bereits . . . – 3 **совсе́м оди́н** ganz allein – 4 **умира́ть/умере́ть** sterben – 10 **по́хороны** (*Pl.*) Beerdigung – 12 **плечо́** Schulter – 13 **гляде́ть/гля́нуть** blicken – 14 **одна́жды** einmal – 20 **рис с мя́сом** Reis mit Fleisch – 22 **доеда́ть/дое́сть** aufessen – 24 **ра́но** früh

Удочка

Костёр горе́л ме́дленно, и от него́ бы́ло в пала́тке тепло́, но ды́мно.

Са́ша реши́л сде́лать у́дочку. В карма́не брюк лежа́ло всё, что ему́ бы́ло ну́жно для э́того – була́вка и капро́новый шнур. Из була́вки получи́лся хоро́ший крючо́к, а из шнура́ – ле́ска. Среди́ ве́ток, кото́рые лежа́ли у вхо́да, он бы́стро нашёл подходя́щую, сде́лал ножо́м в ней ды́рку и привяза́л ле́ску. У́дочка была́ гото́ва. Тепе́рь то́лько дожда́ться, когда́ ко́нчится дождь. А дождь и не ду́мал конча́ться, а станови́лся всё сильне́е и сильне́е. Под шум дождя́ Са́ша засну́л . . .

у́дочка Angel – 1 **горе́ть** (*uv.*) brennen – 2 **ды́мно** rauchig – 3 **карма́н брюк** Hosentasche – 5 **капро́новый шнур** Nylonschnur – 6 **крючо́к** Haken – 7 **ле́ска** Angelschnur – 9 **ды́рка** Loch – 12 **всё сильне́е и сильне́е** immer stärker – **шум** *hier:* Prasseln – 13 **засыпа́ть/засну́ть** einschlafen

Ми́дии

У́тром Са́ша пошёл к бе́регу. Там лежа́ли до́ски, оста́тки како́й-то ло́дки . . .

Са́ша иска́л нажи́вку для ры́бы. Он лежа́л на ка́мне и смотре́л в во́ду.

И вдруг он уви́дел зелёные ра́ковины. Ми́дии!

Са́ша снял бы́стро ку́ртку, руба́шку, а пото́м и ма́йку. Из неё он сде́лал мешо́к и с э́тим мешко́м вошёл в во́ду. Вода́ была́ холо́дной, но он э́того не замеча́л. Ми́дии сиде́ли кре́пко на камня́х. На́до бы́ло с си́лой отдира́ть их с ме́ста. Са́ша выбира́л са́мые кру́пные . . . С больши́м трудо́м он вы́тащил тяжёлый мешо́к на бе́рег. От хо́лода он не чу́вствовал ни ног, ни рук. Со́лнце пригрева́ло. Саша сел на тёплые ка́мни. Он вспо́мнил, как отe´ц впервы́е принёс ми́дии . . .

Отe´ц поста́вил ведро́ с ми́диями на плиту́ и сказа́л:

„Са́ша, е́сли хо́чешь попро́бовать, то помога́й!“

„А что де́лать, па?“

„Бы́стро в магази́н и купи́ килогра́мм помидо́р!“

ми́дия Pfahlmuschel – 2 **оста́ток** Rest – **ло́дка** Boot – 3 **нажи́вка** Köder – 5 **ра́ковина** Muschel(gehäuse) – 8 **мешо́к** Sack – 11 **отдира́ть/отодра́ть** abreißen – 18 **ведро́** Eimer – **плита́** Herd

Когда́ Са́ша верну́лся, за́пах в кварти́ре был ужа́сным. Над ведро́м поднима́лся пар. Ми́дии шевели́лись и открыва́лись одна́ за друго́й. Когда́ все они́ откры́лись, па́па поста́вил ведро́ на стол. Пото́м они́ сиде́ли и е́ли ро́зовое мя́со ми́дий с ри́сом и жа́реными помидо́рами . . . Тепе́рь на́до бы́ло собира́ть дрова́ для костра́. Са́ша пошёл к ло́дке. Он знал, что ло́дки покрыва́ют кра́ской не́сколько раз, что́бы вода́ не проходи́ла. Зна́чит, до́ски должны́ быть сухи́ми. И действи́тельно, когда́ Са́ша надре́зал ножо́м пе́рвую до́ску, она́ была́ сухо́й. Он был о́чень рад э́той нахо́дке. Сейча́с для него́ са́мым ва́жным бы́ли дрова́. Голо́дный и уста́лый, он собира́л на берегу́ всё, что могло́ горе́ть. Не́сколько раз он сади́лся на ка́мни, что́бы отдохну́ть . . . До́ски горе́ли отли́чно. На уголька́х жа́рились ми́дии. Са́ша взял одну́ из них и уви́дел там замеча́тельный кусо́чек мя́са!

В э́тот день он нае́лся так, что у него́ заболе́л живо́т.

1 **за́пах** Geruch – 2 **пар** Dampf – 3 **шевели́ться** (*uv.*) sich bewegen – 6 **жа́реный** gebraten, geröstet – **помидо́р** Tomate – 7 **дрова́** (*Pl.*) Brennholz – 9 **кра́ска** Farbe – 10 **проходи́ть/пройти́** durchdringen – 11 **надре́зывать/надре́зать** einschneiden – 14 **уста́лый** müde – 18 **угольки́** (*Pl.*) Holzkohle – 19 **кусо́чек** Stückchen – 21 **наеда́ться/нае́сться** sich satt essen – 22 **живо́т** Bauch, Magen

Рыба́лка

У́тром Са́ша реши́л пойти́ лови́ть ры́бу. На крючо́к он насади́л большу́ю ми́дию и вошёл в во́ду. Почти́ сра́зу кто́-то схвати́л крючо́к. Са́ша вы́тащил из воды́ ле́ску и уви́дел огро́много кра́ба. А ми́дии на крючке́ не́ было. Краб упа́л обра́тно в мо́ре. Он сно́ва насади́л ми́дию на крючо́к, сно́ва опусти́л ле́ску в во́ду. Опя́ть кто́-то схвати́л крючо́к, но так, что Са́ша чуть не упа́л в во́ду. Опя́ть висе́л краб на ле́ске. Са́ше не хоте́лось соревнова́ться с кра́бами и корми́ть их ми́диями. Он верну́лся к пала́тке.

Прошло́ шесть дней, почти́ неде́ля, а Са́ше каза́лось, что э́то был то́лько оди́н дли́нный день с небольши́ми переры́вами на сон . . .

рыба́лка Fischfang – 3 **схва́тывать/схвати́ть** fassen – 4 **огро́мный** riesig – 8 **чуть не** beinahe – 13 **каза́ться/ показа́ться** scheinen – 14 **переры́в** Pause – **сон** Schlaf

Мой бедный отец

Ве́чер был тёплым. Круго́м бы́ло ти́хо. Костёр горе́л почти́ без ды́ма.

Ря́дом с ним лежа́ли на ма́йке жа́реные ми́дии. Са́ша лежа́л на матра́це у вхо́да в пала́тку и смотре́л на звёзды.

. . . Что сейча́с де́лает мой бе́дный оте́ц? Он, наве́рно, ду́мает, что я утону́л.

Са́ша предста́вил себе́, как ка́тер пришёл на ста́нцию, и все в тот же день узна́ли, что его́ уже́ нет на све́те. Все жале́ют отца́. В шко́ле вы́черкнут его́ фами́лию из кла́ссного журна́ла, и ско́ро все забу́дут о Са́шке Бараше́. А пото́м совсе́м не бу́дут говори́ть о нём . . .

Нет! Меня́ найду́т. Обяза́тельно найду́т.

Костёр! На́до сде́лать огро́мный костёр, что́бы получи́лось мно́го ды́ма.

Он до́лжен дыми́ть день и ночь.

бе́дный arm – 1 **круго́м** ringsherum – 5 **звезда́** Stern – 7 **утонуть** (*vo.*) ertrinken – 8 **предста́вить** (*v.*) vorstellen – 10 **жале́ть/пожале́ть** bedauern – 11 **вычёркивать/вы́черкнуть** ausstreichen – 14 **обяза́тельно** unbedingt – 17 **дыми́ть/надыми́ть** rauchen, qualmen

Одино́чество

Са́ша на́чал относи́ться ко всему́ о́чень споко́йно. Найду́т – хорошо́, не найду́т – ну и что? Ничего́ не сде́лаешь. На́до де́лать своё де́ло на э́той плане́те. Тебе́ дана́ жизнь, тебе́ она́ нра́вится, и не хо́чется так про́сто расста́ться с ней. Поэ́тому де́лай всё, что́бы сохрани́ть себе́ жизнь. Кто мо́жет её отня́ть? Здесь на о́строве – то́лько приро́да и боле́знь. Са́ша собира́л дрова́, – подде́рживал ого́нь в костре́ и был рад ка́ждому тёплому дню без дождя́. Он научи́лся де́лать ого́нь не ху́же первобы́тного челове́ка, и он по́нял одну́ интере́сную вещь: ка́ждая рабо́та, когда́ её не зна́ешь, ка́жется тру́дной. Снача́ла на́до обду́мать ка́ждое движе́ние. Ча́сто де́лаешь то, что не ну́жно. Ча́сто де́лаешь оши́бки, но пото́м ру́ки привыка́ют . . ., и тогда́ всё стано́вится нетру́дным.

Ве́чером Са́ша сиде́л у костра́ и тоскова́л от одино́чества. Он гро́мко расска́зывал сам себе, что за́втра бу́дет де́лать, вспомина́л ма́льчиков и де́вочек из его кла́сса.

одино́чество Einsamkeit – 1 **относи́ться** (*uv.*) sich verhalten – 5 **расстава́ться/расста́ться** Abschied nehmen – 6 **сохраня́ть/сохрани́ть** erhalten – 7 **отнима́ть/отня́ть** wegnehmen – 8 **приро́да** Natur – **боле́знь** (*f.*) Krankheit – 9 **подде́рживать/поддержа́ть** aufrechterhalten – 13 **вещь** Sache – 14 **обду́мать** (*vo.*) durchdenken – 15 **движе́ние** Bewegung – 16 **оши́бка** Fehler – **привыка́ть** (*uv.*) sich gewöhnen – 18 **тоскова́ть** (*uv.*) traurig sein – 19 **гро́мко** laut

Таня Нефёдова

Са́ша дружи́л с Та́ней Нефёдовой.

Когда́ Са́ша с роди́телями прие́хал на океанологи́ческую ста́нцию и поступи́л в четвёртый класс, пе́рвый челове́к, с кото́рым он познако́мился, была́ Та́ня. На второ́й день по́сле уро́ков подошла́ к нему́ ма́ленькая черноволо́сая де́вочка и спроси́ла:

„Ты отку́да?“

„Из Петербу́рга, – отве́тил Са́ша. – А ты?“

„С Аму́ра. – отве́тила Та́ня. – Ра́ньше мы жи́ли в Хаба́ровске.“

„Ты бу́дешь расска́зывать мне про Петербу́рг, хорошо́?“

Ве́чером того́ же дня семья́ Бара́ш пока́зывала ей фотогра́фии с ви́дами их родно́го го́рода и расска́зывала о Не́вском проспе́кте, о Зи́мнем дворце́, о Пу́шкине . . . и мно́гом друго́м.

Та́ня сказа́ла, что Са́шины роди́тели бу́дут пла́вать на ка́тере, кото́рый во́дит Фёдор Ива́нович, её оте́ц.

„Он пла́вает от Шанта́р до Владивосто́ка. Е́сли он уйдёт в мо́ре, то, как пра́вило, на неде́лю.“

„А ты остаёшься с ма́мой?“ – спроси́ла Та́ню Са́шина ма́ма. „У меня́ нет ма́мы,“ – сказа́ла она́.

6 **черноволо́сый** schwarzhaarig – 20 **води́ть** (*uv.*) *hier:* steuern – 23 **как пра́вило** in der Regel – 25 **остава́ться/оста́ться** bleiben

„Кто же тебе́ гото́вит обе́д?“

„Я сама́. Я уме́ю всё де́лать – вари́ть, жа́рить, печь. Па́па даёт мне де́ньги, и я веду́ хозя́йство сама́.“

Са́шины роди́тели посмотре́ли друг на дру́га.

Ско́ро Та́ня ста́ла необходи́мым челове́ком в семье́ Бара́ш. Когда́ её отца́ не́ было до́ма, она́ все вечера́ проводи́ла у них: помога́ла ма́ме убира́ть ко́мнаты, гото́вить ... По́сле уро́ков Са́ша и Та́ня де́лали вме́сте дома́шние зада́ния.

Са́ше нра́вилось, что Та́ня не ху́же его́ пла́вала, люби́ла ходи́ть в го́ры, на соревнова́ниях она́ получа́ла лу́чшие при́зы. В шесто́м кла́ссе она́ уже́ сама́ себе́ ши́ла пла́тья и да́же джи́нсы.

Когда́ ма́ма умерла́, Та́ня помога́ла Са́ше во всём. Как говори́л оте́ц, она́ ока́зывала на него́ хоро́шее влия́ние. При Та́не он чу́вствовал себя́ бо́лее у́мным и взро́слым.

– Ах, е́сли бы Та́ня сейча́с сиде́ла со мной здесь, у костра́! – ду́мал Са́ша.

2 **вари́ть** (*uv.*) kochen – **жа́рить** (*uv.*) braten – 3 **печь** (*uv.*) backen – **вести́** (*uv.*) **хозя́йство** den Haushalt führen – 7 **необходи́мый** *hier:* unentbehrlich – 10 **убира́ть** (*uv.*) aufräumen – 18 **ока́зывать** (*uv.*) **влия́ние** Einfluß ausüben – 20 **у́мный** klug – **взро́слый** erwachsen

Сигнал

12 дней Са́ша собира́л дрова́ для сигна́льного костра́. Мно́го вре́мени ушло́ и на по́иски подходя́щего ме́ста для него́. Наконе́ц, нашёл . . .

Ураган

Са́ша стоя́л в воде́ и собира́л ми́дии. Вдруг он заме́тил, что вокру́г была́ необыкнове́нная тишина́. Не́ было прибо́я. Тако́го ещё никогда́ не́ было. Са́ша отрыва́л ми́дии от камне́й и смотре́л на не́бо. Горизо́нт стал чёрно-си́ним. На се́вере Са́ша уви́дел огро́мную чёрную ту́чу с бе́лыми края́ми. Она́ станови́лась всё бо́льше и бо́льше. Ча́йки лета́ли о́чень ни́зко. Вода́ из бу́хты уходи́ла, как бу́дто её оття́гивал большо́й магни́т. Бе́рег станови́лся всё ши́ре и ши́ре. Са́ша стоя́л как загипнотизи́рованный, смотре́л на широ́кую све́тлую по́лосу, кото́рая дви́галась на о́стров, и не мог поня́ть, что э́то тако́е. Пока́ он стоя́л и смотре́л на э́то чу́до, полоса́ подошла́ к о́строву. Поду́л ве́тер. Он

2 **по́иск** Suche – **урага́н** Orkan – 5 **необыкнове́нный** ungewöhnlich – **тишина́** Stille – 9 **ту́ча** Wolke – 12 **оття́гивать/оттяну́ть** zurückziehen – 15 **полоса́** Streifen – 16 **дви́гаться/дви́нуться** sich bewegen – 17 **чу́до** Wunder

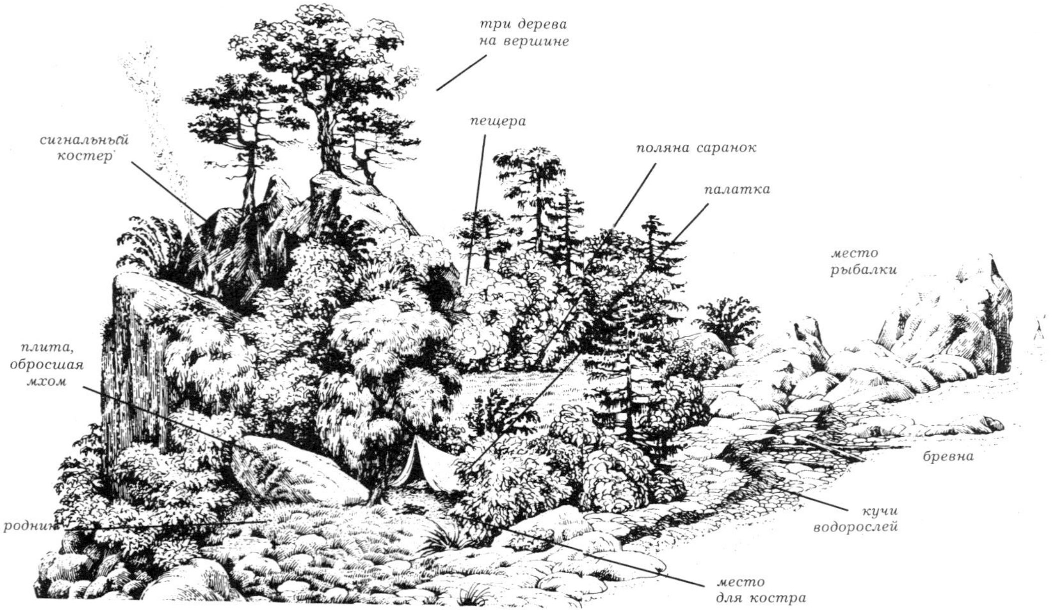
три дерева
на вершине
пещера
сигнальный
костер
поляна саранок
палатка
место
рыбалки
плита,
обросшая
мхом
бревна
родник
кучи
водорослей
место
для костра

станови́лся с ка́ждой секу́ндой сильне́е. То́лько сейча́с Са́ша по́нял, что на́до спаса́ться, и побежа́л к пала́тке. Когда́ он добежа́л до пала́тки и ещё раз посмотре́л на мо́ре, наконе́ц уви́дел то, что ему́ бы́ло изве́стно то́лько из книг . . . Урага́н!

В ста ме́трах от бе́рега подня́лся огро́мный жёлто-зелёный вал.

Вода́ реве́ла ни́зким подзе́мным го́лосом. Вал взлете́л над ри́фами и со зву́ком гро́ма упа́л на зе́млю. Под нога́ми у Са́ши вздро́гнул весь о́стров . . .

Болезнь

Ве́чером Са́ша заболе́л. Подняла́сь температу́ра. Всё те́ло чеса́лось. Ру́ки ста́ли кра́сными и вспу́хли. Есть ему́ не хоте́лось, но он ел мя́со ми́дий, что́бы совсе́м не обесси́лить.

Четы́ре дня шёл дождь. Четы́ре дня Са́ша то приходи́л в себя́, то опуска́лся в холо́дную темноту́. Два ра́за ого́нь чуть не пога́с. Дрова́ конча́лись . . .

2 **спаса́ться/спасти́сь** sich retten – 8 **вал** Woge – 9 **реве́ть** (*uv.*) heulen, tosen – **подзе́мный** unterirdisch – 10 **гром** Donner – 11 **вздро́гнуть** (*vo.*) zusammenfahren – 14 **те́ло** Körper – **чеса́ться** (*uv.*) jucken – 15 **вспу́хнуть** (*vo.*) anschwellen – 18 **опуска́ться/опусти́ться** sinken – **темнота́** Dunkelheit – 19 **га́снуть/пога́снуть** ausgehen, erlöschen

Вставай

„Встава́й! Слы́шишь? Эй, ты . . . Встава́й!“

Са́ша не реаги́ровал. Он ду́мал, что э́то ему́ то́лько каза́лось. Но вдруг он почу́вствовал, что кто́-то тряс его́ за плéчи. Са́ша откры́л глаза́ и уви́дел что́-то огро́мное и чёрное . . . Он вскочи́л, но от сла́бости опя́ть сел. В его́ голове́ был шум, похо́жий на шум волн.

Кто э́то? Неужéли мне э́то то́лько ка́жется? Нет, не мо́жет быть! Ря́дом с Са́шей сидéл моря́к в чёрном бушла́те, в чёрной фура́жке с золоты́м кра́бом и говори́л с ним:

„Поднима́йся! Поднима́йся! До́лго мне с тобо́й ещё здесь сидéть?! Дава́й встава́й!“

То́лько сейчас до Са́ши дошло́: НАШЛИ́!

Он встал, но ничего́ не мог сказа́ть. Обéими рука́ми он схвати́л ру́ку моряка́ – ему́ хотéлось ещё раз убеди́ться, что э́то не сон.

„Ты что здесь дéлаешь? Отку́да ты? Кто ты?“

„Ста́нция . . .“ – сказа́л Са́ша и не узна́л своего́ го́лоса.

„Кака́я ста́нция?“

„Сейча́с . . . Сейча́с . . .“

Моря́к помо́г Са́ше вы́йти из пала́тки. На берегу́ их ожида́ли три моряка́, то́же в чёрных бушла́тах.

4 **трясти́** (*vo.*) schütteln – 6 **вскочи́ть** (*vo.*) aufspringen – **сла́бость** Schwäche – 7 **шум** Geräusch – 9 **моря́к** Matrose – 10 **бушла́т** Matrosenjacke – **фура́жка** Schirmmütze – 17 **убеди́ться** *(vo.)* sich überzeugen – **сон** *hier:* Traum

„Вот он, тот, котóрый дымúл!“

„Кто ты?“

„Барáш ... Сáша Барáш, с океанологúческой стáнции.“

„Э́то, навéрно, тот сáмый ... утóпленник ...“

Одúн из морякóв достáл из кармáна записнýю книжку и перелистáл её.

„Барáш ... Алексáндр Барáш ... Агá, вот ... Прáвильно. Нам сообщáли со стáнции, что ты утонýл ... семнáдцатого июля. А ты – жив. Ну и делá!“

Морякú смотрéли на Сáшу удивлёнными глазáми.

„Так ты, знáчит, что ... бóльше мéсяца на э́том óстрове? Как же ты жил здесь?“

„Доплы́л ..., нашёл сарáнки, парусúну ..., ловúл мúдии ...“

„А как же огóнь, спúчки? Э́то ты разжигáл кострьí? Мы нéсколько раз вúдели дым на óстрове.“

„У меня́ нé было спúчек ...“

Саша говорúл, но в головé у негó былá тóлько однá мысль: МЕНЯ́ НАШЛИ́!

„Давáйте, ребя́та, на борт! – сказáл старшинá, – Ну, Сáша, ... поéхали домóй!“

5 **утóпленник** Ertrunkener – 7 **записнáя кнúжка** Notizbuch – 19 **спúчка** Streichholz – 25 **старшинá** Maat, Bootsmann

Lernjahr

Bes popugaja i p
(Ohne Papagei u
„Und wenn man
Wenn man die Su
schon aufgegeben hat?“ – diese
quälenden Fragen gehen Sascha nicht
aus dem Kopf. Seit Tagen, ja Wochen wartet er nun schon auf ein menschliches Zeichen. Die Geschichte ist unglaublich, aber wahr: Das Schicksal hat ihn auf eine unbewohnte, einsame Insel im Ochotskischen Meer verschlagen, wo der fünfzehnjährige „Robinson“ gegen Durst, Hunger und Kälte ums Überleben kämpft.

Weitere Titel:

Медведь и девочка
(Der Eisbär und das Mädchen)
Klettbuch 51534
ab 2. Lernjahr

Каникулы в Петербурге
(Ferien in Petersburg)
Klettbuch 51533
ab 2. Lernjahr

9 783125 153509

ISBN 3-12-515350-6

Klett